句集

こころ

千春

港の人

句集　こころ

目次

第一章

菜の花

衣紋抜くしろながすくじら細くなり

写真の私は覚えていないほど、うさぎ

カワウソがゆっくり絡む本の中

鷹を呼ぶかすれるようなまなざしで
姪っ子は赤毛のアンを誤解して
「恐竜を凍らせたから服を着て」

猫を煮る松本駅のバス停で
凧糸をゆるめて地図を書いている
昨夜の夢はほととぎすでした

眼科には北極グマが住んでます
山溶けてアンモナイトのおとむらい
コウノトリから減薬の誘いを受ける

ショートカットをなびかせる栗鼠
海鳴りが山鳴りがドーナツ揚げる
カワウソが花を活けだす用水路

ペンギンがトマトソースを食べたがり

鷺が電子レンジに移動する

ドードー鳥がケーキを焼く

スタバの窓をよじ登ってゆく貝

大蒜と生姜を刻むパンダの瞳

急がねば蛇の卵が鳴いている

鍋つかみ蟻がいっぴき鼾かく

松ぼっくりが眠気を払っている

アレルギー体質なので虎になる

淡水魚束ねてほどけないあなた

寒いから鹿をもちよろう

ばらばらの靴を履いてる亀である

鞠をつくホットプレートの上で
朝食を抜いたので案山子に恋してしまった
トマトの赤さ眠っちゃ駄目だよ

伊那谷で君はどこまで優しいか
古代図の脇に置いてあるバナナ
うなじの蛍なら見たことがあります

友達がお節と牛を撫でている

名古屋帯結んで蝶がさびしがり屋

友達よ日没までも栗鼠でいて

コーヒーのカップを抱いて貝になれ
蓋をする竜がかさばらないように
どうにかしなきゃ鮭のくびれ

ぽろぽろとミシンで胡瓜縫っている

祭りのない神社鳴いてばかりの猫

貝がとぐろを巻くまで、待って

ツナ缶を質に入れてる動物園
つぶつぶがつぶつぶつぶを産むご自由に
門出にはいつでも龍が眠ってる

骨になる綺麗に星を活けたあと

キウイ鳴いて荒れはてた部屋

箱舟が市営住宅飛び出した

月見てるシーラカンスがする会話
歯科医行くウサギ料理を控えつつ
巻いたのは星ではなくて虎でした

弟が流星群を投げてきた

弟に会いたい金魚鉢を抱く

弟よいまは静かに酔いなさい

柿食べる童話が眩しかったから

第二章

茜

産んで産んで産んで逢いたい人が居る

わたくしの脚ひらかせる桜だな

友達が会いにくるオルガンを買おう

カーネーションのいま手紙を書く

流星群よお米を研いで

嫉妬して雪がずいぶんやわらかい

朝焼けの月の白さを聴いている
死にたいというとき爪をよく見せて
新聞の自慰をあなたが見つめてる

乳房をはげしくされる午睡だな
ガーベラを活けるわたしがさけるまで
ほうれん草のパスタの呻き

準備は出来た葉書のくるぶし
アガパンサス触れる私のうすごろも
栗きんとんが罪のない顔をしている

湖で私らしさの砂嵐

雨が降る私の雪が降るように
茄子の揚げ浸し春の夜に吹かれている
お雑煮の痒い部分に線を引く

無口なの洗濯物が乾かない

グラタンがゆらりゆらりと空を浮く

花を買うラジオ体操するように

コーヒーを飲みに行くときヒヤシンス

アイスコーヒー天ノ川駆けてゆく

コーヒーを淹れる三番目の椅子

わたくしに蕗があるから大丈夫
襦袢から蕗やわらかに漂って
月経が来ないストーブ霧の音

広い野に数学ひとつ嗅いでいる

白いガーベラが夢でおそってきたよ

スイートポテトが英語を学んでいる

注射でつぎつぎと卵を割っていく

単衣を羽織っている紫蘇嚙みながら

スカートを揺らして人でないわたし

桃を潰して君に会いたい

コロッケを冥王星が揚げている

妹がわたしを海の塩にする

言い訳が上手になれる交差点

これまでと結納品が笑い出す

友達が住んでるはずの炊飯器

瞳が痩せさせる程そばに居て
燃えたのはあなたの居ない台所
用意は整った湯気になろうか

きみとけてゆく初雪の予報
捕鯨船花を一本あげましょう
土曜日は永谷園の音でした

ドクダミのまだ終われない物語

消毒の痛みやわらか夏の雨

お隣のカーネーションが騒がしい

ありがとう言うたび痩せる誕生日

芭蕉布の静かにひたる長電話

着地するアイスが少し溶けました

トイレが近い楽園行こう
温泉で柘榴の日々をおくってる
陰毛が便器についてて星になる

驚いた声出さないで秋野菜

カレーライスのうつを見てみませんか

うどん茹で優しい父でありなさい

ジャズ聴いて浴衣は緩く翻る

ハンバーグ夏至の二人の過ごし方

星を練るいつ生まれても良いように

「邪魔ですね」「邪魔です」と言い服を脱ぐ

糸は糸らしく正月に住む

中待合室に入れず月が溶ける

地球儀を逆さにしては泣きじゃくる

やさしさが帯の谷間を離れない

パソコンを打つ音じきに鯵を焼く

あなたから英語吸いとる五月晴れ

うなずけばコーヒー豆が寄ってくる

友達が水族館で試着する

寝ころんで松本城を蹴とばした
待って待ってトイレットペーパー
うたかたのモップをつねに絞ってる

栓抜きが尻尾を振ってやってくる

ホワイトデーは滝の香りです

林檎が熟すまで空のままでいて

仕事場に菊の匂いが羽化してて

朝ご飯作り終えたら座礁船

阿弥陀如来に風邪をうつされた

言葉につまる手紙は白く落葉に

ゆずれないかぼすゆずれないししゃも

あじさいが泣いてて本の中に住む

笑っても葡萄畑が途切れない

和菓子屋はシンクロナイズドスイミング

太陽が尿意もよおす３ＤＫ

虹が風邪をひいている・アクエリアス

数学の凪いでる海を歩きゆく

昆布巻を寝かしつけてはいけません

プレゼントしたい医師の叫び声
らーめんを啜る絶縁の彼方
「雪ですね」「光ですね」揺れ動く

体調が悪いピーマン肉詰煮

壊れない卵の友達はやめた

かまぼこがあとひといきで下山する

言い訳を星を見ないで紡ぎ出す

十二月赤い手帳が目を開ける

いい子になったって雪は降らないよ

挟みましょうか挟まれましょうか、惑星
自慰をする雪をひとひら噛みながら
最後には私の卵子吸い取って

抜歯するこれから水を産むために
「負けました」その片膝が欲しいです
残高は梨の匂いになりました

おせち料理をプールの底に詰める
金木犀の触れた小指が冷えてゆく

抱きしめた夜が乾いて光太郎

食器拭くあなたの指が鍾乳洞

消しゴムが割れる。あなたを離さない

サーモンのあなたが少し咳をした

第Ⅲ章

花浅葱

闇市の駱駝がひとつ拗ねている
あさり、あさり、邪魔しないで
林檎の裂け目が林檎と言いはるままに

発狂しました切符を下さい

給水します。出頭しません。

七夕に張り裂けそうなのど仏

満潮の麻婆丼がやってくる
キーンと白日夢一日の予定
イメージが違う振替休日の置き場所

ドーナッと金木犀が合図した
あとがきに家出と書いて金木犀
最後まで金木犀の城でした

エアコンがおさななじみを聞きわけた
加湿器がゆっくり回る交差点
七つ目の帽子を拾い富山県

ありふれたゼリー状での話です
ヒトデの形　反復にならないで
腑を見せない犬の芸である

律儀すぎて警笛が響き渡る
たてがみを失うとポロシャツである
触れた手の反響音をたたんでる

薬放り出す海開きのうきわ

枕から炭酸水が離れない

婉曲に言うなら君は砂時計

お豆腐が特別給付金を待つ

お豆腐を握り潰して起きてくる

父親が血の半分をジャズにする

チューリップが交番で捕まった

百合買いに平城京をさまよって

ひるがえしてコスモスの確信犯

コチコチと鳴るけど真偽まで見せず
大阪はどこを見ててもくすりゆび
夕暮れがオセロの駒を迷わせる

絆創膏をポテトサラダに貼る

〆をお願いします星が赤い

柔らかく居て下さい山椒魚は頂点に

夜道から夜道の息をわたされる
桐箪笥深層水を詰めすぎて
フライパンにＰＣＲ検査をしよう

セーターを逆から読むと銀閣寺

土砂降りのメガネが曇る墓参り

鏡へと夜更けを置いた十二月

魚影から電子レンジにかくまわれ
扶養などシロツメグサに塗ってみろ
どうしよう赤信号が幻に

天ノ川うどんが流れている昨日
溢れ出す地球に影をおとすとき
恥じらってくださいラー油の水たまり

寝不足は山の麓の温度計

琵琶湖をほどいて逆走をする

知ったかぶりしないで下さい貝割れ大根

ひらいたりとじたりしてる壇の浦

傷を買いに自販機へ行く

父親は電柱ばかり切ってるよ

木犀の内側にいる豆ご飯

嬉しくてピーマンの種捨てている

折り畳み神社で餅を焼く

番号が呼ばれずチューリップが咲いて
百合の花粉を駐在所へ持っていく
向日葵が大陸の時差揺るがして

とりあえず老眼鏡を解いてゆけ

ぐずりたいフラペチーノのお葬式

加湿器が割れて卵を連れてくる

粉砂糖とおりすがりに会釈する
おしるこの夜更けの声を知っている
水槽の過敏な位置を知っている

山脈が息継ぎしてる手の震え

鍋つつきながら花焦がしてゆく

自転車に犬歯を乗せて去って行く

不時着の木綿豆腐に頼り切る

怖いんだエアコン塩で煮た夜は

林檎食う首長竜を看取る部屋

絶唱のサラダを食べる金釦

練りがらしここまで透けてしまったの

何もかも中途半端で足袋を煮る

滝を干す海に還ってこないよう

岩石に延長戦を告げている

白鯨を鍋で煮てます。行きなさい。

ほうじ茶が星になったら行きましょう

あとがき

「先に楽しみがあれば何でも出来る」

と言った友達の言葉が好きです。


川柳が私にとって何であるか答えは出ません。が、川柳はたくさんの人との出会いを私にくれました。


お世話になり大好きな人たち。

蔭一郎さん。衣紋の会の皆さん。沖乃青さん。笠井スイさん。亀山朧さん。小池昌子さん。城水めぐみさん。竹井紫乙さん。てとちゃん。特定非営利活動法人アカーの皆さん。中居あつ子先生。原美千代さん。樋掛忠彦先生。訪問介護わが家の皆さん。ビッケたん夫妻。真島久美子さん。ミカヅキカゲリさん。八上桐子さん。矢野芳子さん。山下紀子さん。ラジオ体操の仲間。

川柳、短歌、詩で私と関わってくださった皆さん。友達の皆さん。

選句をしてくださった中山奈々さん。

私の人生のパートナーであり、パソコンをさっぱり使えない私に付き合ってくれた川合大祐君。この二人にはどんな言葉を尽くしても足りないくらい感謝しています。

そして出版してくださった港の人の上野勇治さん。井上有紀さん。

読んでくださった皆さん。ありがとうございました。


「一日ずつやっていたらそれが一週間になって、それが一ヶ月になって、いずれ一年になって、一生になると思いながら過ごしています」

という言葉を友達からもらいました。

その言葉を聞いたとき、私は自分が生きて生かされているんだなあと感じました。

私はきっとそうやって川柳にも生かされていると思いました。

書いていきます。

読んでくださってどうもありがとうございました。

二〇二四年二月四日
大きな窓のある喫茶店にて

千春

千春　ちはる

東京都出身。長野県在住。

二〇〇四年より川柳を作句。

著書に作品集『てとてと』（私家本工房）。

パートナー川合大祐との川柳交換日記風エッセイ『トイレの後は電気を消して』（満天の星）。

川柳スパイラル会員。短歌集団『かばんの会』同人。

句集　こころ

二〇二四年四月十五日初版第一刷発行

著者　千春
装丁　飯塚文子
発行者　上野勇治
発行　港の人
神奈川県鎌倉市由比ガ浜三―一一―四九
〒二四八―〇〇一四
電話〇四六七―六〇―一三七四
ファックス〇四六七―六〇―一三七五
www.minatonohito.jp

印刷製本　シナノ印刷

ISBN978-4-89629-434-7